KB021907

미안해요, 사랑해서

미안해요, 사랑해서

뱅크북

이 책을 세상에서 가장 소중한 인연,

님께 드립니다.

홀로사랑

1.
그에게 더는 줄 것도
내놓을 것도 없다

소중한 것은
이미 다주었고
이제 내게 남아있는 것은
위태롭게 살아 숨쉬는
목숨만이 전부
그마저도 나의 것이 아닌
그가 필요로 하면
언제든 내놓아야 하는 것

더는 줄 것도
물러설 자리도 없지만
그를 위해서라면
내게 남은
눈물 한 자락마저도

다 내놓아야 한다.

2.
눈이 시리도록 푸른 날
하늘을 올려다보면
눈이 부시도록 보고픈
눈동자 하나 있다.
천형처럼 짊어지고 살아야 할
덜 기름지고
덜 편안할지라도
꼭 지키고 싶은
그런 사랑 하나가
저 하늘 끝에 걸려있다

두렵기는 하지만
이제 그를 받아들여야 한다.

3.
일기장은 물론
낙서장, 그 어느 곳이든

온통 한 사람의 이름으로
채워지고 있다
한 뼘 빈 공간이라도 있으면
어김없이 그 사람의
영토로 줘버리고
나, 이렇게 사랑에
눈이 멀어가고 있다.

4.
외로운 궁수처럼
오늘도 어제와 마찬가지로
그에게로 활시위를 당긴다.
활시위는 그를 향한
나의 뜨거운 마음.
언젠가는 그의 가슴에 박혀
붉디붉은 꽃을 피워 내리라!
삶을 마감하는 그날까지
단 하나의 화살도 남김없이

모조리 그에게 날려 버리고

나, 매일 이렇게
사랑이란 이름으로 죽어간다.

5.
사랑은 애써 불러
모으는 것이 아니라
어느 날
바람처럼 깃드는 것

그 어느 날 깃들
나의 바람을 위해
나 오늘도
투정하지 말아야 한다.
순결은 어느 날
그 순결을 바칠
그 단 하나의
존재 때문에 고귀한 것

나 보채거나 앞지르지 말고
언젠가 내 앞에 우뚝 설

그를 묵묵히 기다려야 한다.

6.
산다는 것의 의미는 무엇인가.
사랑한다는 것의 의미는
과연 무엇인가.
살아 있음으로써
사랑한다고들 하는데
이렇게 진한 아픔에
가슴이 메이는 까닭은 왜일까.
아무리 멀리 있어도
이렇게 사무쳐 오는 내력은
무엇인가.

차 례

알아요

1.
알아요...
당신 사랑하면
안 된다는 거.
그래도 당신이
좋은걸 어떡해요
당신 사랑하고
남은 후의 상처...
걱정 마세요.
그건 내 몫이니까.
내가 다 알아서
할 테니까요.
당신은 그저 날 위해
뭔가 해주려 노력하지 말고
그냥 그 자리에
그렇게 있어요.
바라는 거 없어요.

당신께는 내가 가진
모든 거 주고플 뿐예요.

2.
알아요...

당신과 난 결코
하나 될 수 없다는 걸.
다 알면서도
안 된다는 거
다 알면서도...
그래도 당신 사랑해요.

3.
나 때문에
부담감 같은 거
갖지 말아요.
내가 알아서
당신 부담감 느끼지
않게 할 테니...

외로울 거라는 걱정...
당신은 하지 마세요.

그 외로움, 내 몫이니까.
당신은 그저
가끔 날 만나러
오기만 하면 돼요.

4.
알아요...
우리의 사랑이
얼마 남지 않았다는 거...

그 때문에
내가 아플 거라는 거...
하지만
당신 걱정 마세요.

얼마 남지 않았다면
그만큼만 사랑하면 되니까...

5.
난요...
당신을 사랑할 수 있게 해 준
하나님께 감사할 뿐예요.
그러니 당신...
더 이상 날 위해
걱정 따위 하지 마세요.
난 그저
행복할 뿐이니...

잊을 수 있다면

잊을 수 있다면
그건 사랑이 아닐 겁니다.
많은 아픔들이 계속된
고통 속에서도
내 마음 안에
당신을 간직함이
몹시도 소중해서 두렵군요.
이미 영원히
사라진 당신이라서
오늘밤이 서글프네요.
다시 올 수 없는 사랑이라서
지난 일이 미안하군요.

당신...
무언가 되시려거든
밤하늘별이 되어요.
가끔 힘에 겨워

고개 들어 한숨 쉴
때만이라도
반짝이며 살아있는 그대를,
숨 쉬고 있는 나를
느낄 수 있도록...
어디를 가든...
어디에 있든...
작은 빛으로
날 비춰주세요

쉽지는 않지만
언제 다 잊을지 모르는
연약한 나를 위해...

비의 연가

회색 빛 가랑비 사이로
당신이 그토록 좋아하던
그 슬픈 노래가
흘러나오고 있네요.
너무 슬퍼...
한 소절만 들어도
가슴이 미어지는...
이 세상에서
가장 슬프다던 그 노래...

그 노래의 슬픈 가사가
우리들의 이야기였다니...

작은 욕심

기억할 수 있을 만큼의
미소와 눈동자만
훔쳐보면 안 될까요.
당신 떠난 후,
당신 그리워질 때
기억할 수 있는 것들이
하나도 남아있지 않으면
내가 너무 가여울 것만 같아서요.

잊는다는 것도 그래요
아끼고 닳도록 기억할 수 있는
최소한의 것들이라도 있어야
잊는 시늉이라도 할 수 있지
아무 것도 없다고 해봐요
나의 기억에 남아있는 전부가
고작 당신의
뒷모습뿐이라고 해봐요

먼 훗날 당신 그리워도
그리워할 만한 것들이
하나도 없잖아요
괜히 당신 기억 더듬으며
우울해지기는 싫어요.
괜히 당신 잊으려하다
언제나처럼
나 홀로 울어버리는 건
정말이지 싫어요.
멀리서...
아주 멀리서...
기억할 수 있을 만큼의
미소와 눈동자만
훔쳐보면 안 될까요.

지호

*

전학 온지 한 달쩨가 다되었는데도 지호는 학교생활에 쉽게 적응하지 못하는 것 같다.

그래서일까.

며칠 전부터는 아예 학교에도 잘 나오지 않고 있다. 아무래도 오늘은 지호의 집을 직접 한 번 찾아가 봐야겠다.

*

지호는 달동네에 살고 있었다.

가난에 찌든 퀴퀴한 곰팡이 냄새가 진동하는 가운데 두 평 남짓한 방안에선 지호 할아버지가 연신 마른기침을 해대고 계셨다.

지호는 동네 어귀에 있는 규모 큰 마트에서 잔심부름하면서 생활비를 마련하고 있었다.

야채배달하고 돌아오는 지호를 보는 순간 나도 모르게 가슴이 짠하게 아파 왔다.

'저 어린것이...'

*

지호 할아버지를 병원으로 모시고 갔다.

일단 간단하게나마 치료받게 했다.

그리고는 할아버지의 약값을 마련하기 위해 마트에서 잔심부름하고 있는 지호를 설득해 학교로 데려 왔다.

지호는 병원에 누워있는 할아버지가 걱정되는지 수업 내내 멍한 눈빛으로 창밖만 바라보고 있다.

어린흑인 아이처럼 한없이 맑고 순진한 눈이지만 어딘지 모르게 많이 외로워 보인다.

'가여운 것...'

*

점심시간 때였다.

도시락을 싸오지 못한 지호는 언제나처럼 슬그머니 교실 밖으로 빠져나갔다.

지호를 데리고 학교 근처 중국집으로가 자장면 한 그릇을 시켜주었다.

허기져서 많이 배고프련만 녀석은 멀뚱멀뚱
쳐다만 볼 뿐 도무지 먹을 생각을 하지 않았
다.

　　내가 빨리 먹으라고 재촉하자 지호가 전혀
뜻밖의 말을 툭 던진다.

　　"난 거지가 아니에요..."

　　*

　　지호는 자존심이 무척이나 센 아이였다.
너무 내 입장에서만 생각한 것 같다.

　　누군가에게 도움을 받는 것도, 주는 것도 무
척이나 싫어했다.　더구나 지금껏 누구에게
도움을 받은 적이 없어 나의 갑작스런 호의에
적잖게 당혹스러워하는 눈치다.

　　내가 도시락을 싸다가 점심시간 때마다 학
생들 몰래 자신의 책상서랍 속에 넣어주는 것
도 무척이나 조심스러워 하는 표정이다.

　　'무슨 좋은 방법이 없을까? 지호의 자존심
을 상하지 않게 만들면서 도움 줄 수 있는 방
법이...'

*

지호에게 아침 일찍 나와 선생님들의 구두를 닦아보는 것이 어떻겠냐고 제안을 했다.

전에 구두닦이를 한 경험이 있어서 그런지 의외로 밝은 표정을 지었다.

비록 얼마 안 되지만 선생님들로부터 받는 작은 대가로 할아버지 약값 일부를 대신하게 했다.

자신의 힘으로 할아버지 약값을 마련할 수 있게 되어서 그런지 지호도 무척이나 좋아했다. 그리고 내가 도시락을 싸다 주는 대신 잔심부름을 도와 달라 부탁을 했다.

다행히 지호가 흔쾌히 승낙을 했다.

지호의 얼굴에 드리워진 어둠이 조금씩 걷히는 것 같아 무척이나 기분이 좋다.

*

오늘은 지호 생일이다.

방과 후 지호를 데리고 학교 근처에 있는 갈비 집을 갔다.

숯불에 구운 돼지갈비 몇 점을 지호 앞에 놓아주었다. 하지만 지호는 좀 체 먹을 생각을 하지 않은 채 고개만 떨구고 있었다.

"왜 안 먹어? 지호 너 고기 싫어해?"

지호는 고개를 살짝 흔들었다. 의아한 생각이 들어 다시 물었다.

"그럼 할아버지 생각나서 그래?"

"……"

대답대신 고개를 푹 숙였다. 아무래도 집에 홀로 누워 계신 할아버지가 맘에 걸리는 눈치다.

"녀석두... 걱정 마. 이따 나갈 때 할아버지 드실 고기는 따로 싸줄 테니까..."

착한아이다. 먹고 싶은 음식을 앞에 두고도 할아버지를 먼저 생각하다니...

지호는 내 말이 끝나자 조심스럽게 고기 한 점을 자신의 입 속으로 집어넣었다. 오물오물 몇 번 씹어 먹는다.

맛나게 먹는 지호를 보며 흐뭇한 미소를 지으려는 순간이었다.

갑자기 전혀 생각지 못한 일이 일어났다. 지호의 눈에 눈물이 그렁그렁 맺히기 시작한 것이다.

"지호... 너 고기 먹다가 왜 울어?"

*

요즘은 지호의 웃는 모습을 곧잘 보게 된다.

할아버지의 건강도 많이 좋아진데다가 얼마 전에는 집 나가셨던 엄마까지 돌아오셨다고 한다. 정말 잘 된 일인 것 같다.

이젠 지호도 아무런 불편 없이 공부에만 전념할 수 있을 것만 같다.

다만 아쉬운 것은, 엄마의 직장 문제 때문에 지호가 다음 주면 다른 학교로 전학을 간다는 것이다. 그 동안 정이 많이 들었었는데... 녀석이 전학가면 많이 보고 싶어질 것만 같다.

*

아침에 출근을 했는데 병원에서 전화가 왔다. 지호가 교통사고로 병원에 실려 갔다는 것이다. 택시를 잡아타고 허겁지겁 병원으로 향했다. 새벽에 나갔다가 오토바이와 부딪쳤다고 했다.

다행히 큰 부상은 아니었다. 내가 안도의 한숨을 내쉬자 녀석은 피투성이 얼굴로 괜찮으니 걱정하지 말라는 표정으로 씨익 웃어 보인다.

붕대로 칭칭 동여 매여진 지호의 한 쪽 손을 살며시 잡았다. 침대에 누워 내 얼굴을 빤히 쳐다보는 지호를 보며 물었다.

"새벽에 뭐 하러 돌아다녔어?"

 *

지호가 퇴원하자마자 전학을 가게 되었다.

반 아이들과 마지막 인사를 하고 교실문 밖으로 나가던 지호가 갑자기 내게 쇼핑백 하나를 불쑥 내밀었다.

"저...어 이거요... 지난번에 드리려고 했었는데... 그 동안 병원에 입원해 있어서 깜박했어요..."

쇼핑백 속에는 내가 지호에게 매일 싸주던

도시락이 들어 있었다.

평소에도 무뚝뚝하고 표정 없던 지호는 인사만 꾸벅하고는 쏜살같이 복도 끝으로 사라졌다.

'지호야, 잘 살아... 그리고 이젠 많이 행복해라!'

*

집에 돌아와서 설거지를 하기 위해 지호가 건네준 도시락 뚜껑을 열었을 때였다.

깨끗하게 잘 닦여진 도시락 속에 편지봉투 하나가 가지런히 놓여 있었다.

봉투를 열어보니 꼬깃꼬깃한 1만 원권 지폐 한 장과 천 원짜리 지폐 8장이 편지와 함께 들어있었다. 편지지에는 약간 삐뚤어진 글씨로 다음과 같이 쓰여 있었다.

"선생님! 저 지호예요... 그 동안 선생님께서 싸주신 도시락을 먹을 때마다 눈물이 막 나오려고 했어요... 엄마 생각도 나구... 선생님이 고맙기두 하구요.... 그래서 한 번도 제대로 먹을 수가 없었지만... 밥을 남기면 선생님께서 속상해 하실까봐 먹기 싫을 때도 항상 깨끗이 비웠어요.

그리고 선생님께 빈 도시락을 돌려 드릴 때마다 마음속으로는 항상 무엇인가를 담아서 드리고 싶었었는데... 제가 넘 가난해서 아무것도 보내 드릴 수가 없었어요.

봉투에 들어있는 돈은 제가 그 동안 새벽마다 동네를 돌아다니며 주운 빈 병과 버려진 신문 등을 팔아서 마련한 돈이에요.

제 생일날 선생님께서 사주셨던 갈비 정말 짱이었거든요. 그래서 제 손으로 꼬옥 한번 선생님께 그 갈비를 직접 사 드리고 싶었었는데...
그만 사고가 나는 바람에... 이 돈으로 나중에 꼬옥 돼지갈비 사드세요... 알았죠?

그리고 이건 선생님한테만 처음 말하는 건데... 그 때 선생님께서 사주셨던 갈비... 사실은 엄마 집 나가구 나서 처음으로 먹어보는 고기였어요.

엄마 생각두 나구... 갈비가 맛있기두 하고...
뭐 그래서 눈물이 나왔던 거 같아요. 바보처
럼...

선생님... 그동안 선생님 앞에서 한 번도 말
못했지만... 저 사실은 선생님 많이 사랑했어
요... 앞으로도 영원히 잊지 못할 거예요....

나중에 제가 돈 많이 벌면 선생님께 이 세
상에서 젤 맛있는 돼지갈비... 아니 소갈비 많
이 사 드릴게요. 그럼 안녕히 계세요. 지호 올
림."

바다 1

바다는
조용하고 얌전한 여자였다
사람들이 버린
그 깊은 상처 조각들과
슬픈 사연을 먹고는
그 넉넉한 가슴이
퍼렇게 멍들었다

사람들은 바다에 가면
슬픈 추억만 묻고 온다.

바다 2

바다는 하늘의 아내
하늘은 바다의 지아비
평생을 마주앉아도
한 마디 말도 없는데
하늘은 바다만 좋다고
바다는 하늘만 좋다고
불평 한 마디 없이
마주본다.

사랑은 간절한 기도입니다

사랑하는 사람이 떠날 때
우린 만남 이전보다
더 간절히 기도해야합니다.
원망과 절망으로 얼룩져서는 안 됩니다.
비록 만남 전과
이별후의 기도색깔이 다를지라도
떠난 사람을 위하여
가끔은 고독해지는 자신을 위하여
눈물을 참으며 기도해야합니다.

사랑은 기다림을 고통이라 생각할 때
대부분 끝나 버리는
슬픈 영화와도 같기 때문입니다.

제안

보고플 때 무작정 전화하는 것보다
그 보고픔 가슴속에 꼭꼭 채웠다가
못 견디게 그리운 날 편지 한 줄
쓰는 것은 어떨까요.

자기만 사랑해 달라고
어린아이처럼 조르기보다는
다른 이도 사랑할 수 있도록
한 발자국 뒤로
물러서 주는 것은 어떨까요.

아무 곳에서나 사랑을
속삭이는 것보다는
비록 안타깝고 초조할지라도
그 사랑 묵묵히 흐르는 침묵으로
가슴 속 깊이
간직해 두는 것은 어떨까요.

사랑하는 사람과 헤어질 때
자질구레한 변명이나
어색한 웃음보다는
시간이 흘러도 기억될 수 있는
작은 미소하나
보여주는 것은 어떨까요.

많이 힘드네요

1.
비가 왔음 좋겠어요.
정신 번쩍 드는
겨울비가 쏴하니...
왜 이렇게 마음이 답답하죠.
몹쓸 병을 가슴속에
끌어안고 있는 것처럼
답답해서 금방이라도
터져 버릴 것 같은 거 있죠.

누군가를 사랑하지만...
사랑할 수 없는 사람...
그래서 마음이
더 아픈 거 있죠.
이건 내 모습이 아닌데...
정말 이건 아닌데...
몇 번을 돌이켜 생각하고

감정을 돌리고자 애쓰건만
감정이란 게
그리 쉬운 것이 아니네요.
내 것이 분명한데도
내 맘대로 되는 것이 아니네요.

2.
나 지금 한사람을
많이 사랑하고 있어요.
그것도 사랑해서는
안 될 사람을요..

처음엔 그저 좋은
친구 사이로 지냈죠.
편하게 만나 이야기하고...
서로의 마음을 보여주면서
조금씩 정이 들었죠.
하지만 또 다른 자신을
만난 기쁨도 잠시...
세상 모든 사람들이
이해할 수 없는 사이로
변해 갔어요.

세상 사람들에게
인정받길 원한 건 아니지만...
그래서 지금 내가
이렇게 힘든 건 아니지만...
그 사람을 사랑하기가
지금 너무 힘들어요.

그 사람을 사랑하게 되었고...
그런 감정을 말하지 못하고...
혼자만의 가슴앓이를 해야 하는
내 자신이 너무 싫어요.
나를 사랑해 주는 사람에겐
내가 겪는 아픔보다
더한 상처를 주면서...
이러면 안 되는데 하면서
하루에도 몇 번을 되뇌지만
그렇게 쉽지가 않네요.

이루어질 수 없다는 걸
알면서 끌고 있는 것처럼
어리석은 사랑은 없다고 하는데...
이루어질 수 없다면

속히 잘라내야 한다는데...
그래야 그 아픔이 클지라도
다음에 오는 아픔보다는
덜 아픈 것 일진데...

정말 친구로 다가갈 수
있는 시간을
혼자서 기다리고 있는
것이 힘드네요.

사랑은요

이루어질 수 없는 사랑은
이루어지기 어렵기에...
이루어질 수 없기에...
그래서 더 헤어나질
못하나 봐요.
더욱 절실하고...
애절하고...
슬픈가 봐요.

아플 것 계산하고
조금만 마음 준다면
그건 사랑이 아니잖아요.
지독한 아픔일지라도
바닥끝까지 줘버릴 수 있는 거...
그게 진짜 사랑이잖아요.
내가 그를 떠나가든
그가 나를 떠나든

사랑했던 순간은
행복한 거잖아요.
이별 뒤에 한참을 아파해도
사랑했던 그 순간만큼은
행복하면 되는 거잖아요.

사랑은요...
사랑은 말이에요....
그냥 마음 가는 데로
놔두면 되는 거래요.
그렇게 왔다가
그렇게 쉽게 가는 거래요.

누가

누가 내게 사랑이
뭐냐고 물으면
나는 그 사람보고
정오의 태양을
한번 쳐다보라 하지요
너무 눈부셔
감히 쳐다볼 수조차
없는 것이 사랑이라고요

누가 내게 이별이
뭐냐고 물으면
나는 그 사람보고
새벽녘의 밤하늘을
한번 쳐다보라 하지요
너무 슬퍼 밤하늘에
떠있는 별들만큼
울어야 하는 것이

이별이라고요

누가 내게 그리움이
뭐냐고 물으면
나는 그 사람보고
해 질 무렵의 노을을
한번 쳐다보라 하지요
하루해가 저물 때마다
떠난 사람이 남겨놓은
기억 한 결을 더듬으며
남몰래 눈물 떨구는
것이 그리움이라고요

그리고 누군가가 내게
당신은 어떻게
그리도 잘 아냐고 물으면
나는 다만 내 얘기를 하고
있을 뿐이라고 말해 주지요.

아름다운 아픔

슬픈 드라마 보다가
펑펑 울었어요.
정말 가슴 아팠어요
마치 당신과 내 얘기 같아서
한참을 울었지요.

사랑은 그런 건가 봐요.
아름다운 아픔...
하지만 그렇게
아픈 사랑일지라도
그런 소중한 추억을
가슴에 담고 살 수 있다면
그게 바로 행복인 거 같아요.

남들은 그래요

남들은 그래요.
이별이 별거 아닌 것 같지만
막상 자신 앞에 닥치면
벅찬 슬픔이 될 거라고

남들은 그래요.
한 번 떠난 사랑은
운다고 다시 돌아오는
것이 아니라
자신이 운만큼 잠시
잊는 거라고

남들은 그래요.
사랑하는 사람이
마지막에 버림을 준다 해도
그 사람 미워해서는
안 된다고

사람들은 참 이상해요.
어째서 자신의 일이
아니라 생각하면
항상 모든 것을
쉽게 말하는 걸까요.

막상 자신의 일이 되면
금세 위로 받으러
달려오면서 말이에요.

내가 괴로운 이유

1.
사랑해서 헤어진다는 말...
난 믿지 않았지만
이제 그 뜻을
조금은 알 것 같아요.

내 욕심이랄까...
자존심이랄까...

오로지 내가 그대의
전부이길 바랬었어요.

그대의 행복도
기쁨도, 슬픔도
외로움도...

그 모든 감정의 근본이

나이길 바랬었지요.

그런데...
그댄 내가 없어도
행복할 수 있는 사람이었어요.
잠시 쓸쓸할 수는 있을 거예요.
그렇지만...
그 정도는 누구나 겪고
사는 거잖아요.

난...
그대의 모든 것을
다 채울 수 있기를 바랐지만
그럴 수 없다는 걸
이제야 깨달은 바보였어요.
난...
세련된 사람이 아니어서
감정을 속이면서
아닌 척 하며
살아갈 자신이 없어요.

2.
이제야 알았어요.

오히려 당신 못 보는 동안이
어쩌면
더 편했다는 것을...

당신을 만나면
주체할 수 없는
감정의 격동이 밀려와
끊임없이 추락하는 나...

그냥 우리 먼 곳에서
서로의 행복을 기원하면서
그렇게 살아요.

그게 우리 인연의
끝인가 봐요.
내가 괴로운 건
당신을 갖고 싶지만
그럴 수 없다는 사실과

당신은 내가 없어도
행복할 사람이라는 사실...
그거랍니다.

인연의 끈

친구들은 그냥 아무런
말없이 포기하라고...
너한테 안 어울린다고...
어울리는 상대 찾으라고 하는데...
정말 어떻게 해야
할지 모르겠어요.
나 당신 참 많이 좋아하는데...
단 하루만 못 봐도
눈시울이 뜨거워지는데...
사람들은 자꾸만
당신을 보내주래요
당신과의 인연의 끈을
이제 그만 놓아주래요.

착각

평생을 태워도 다 못 태울
당신에 대한 그리움 한 자락 부여잡고

하얀 새벽 다 될 때까지
눈물에 허기진 사람처럼 흐느낀다.

가슴에 맺힌 시퍼런 멍울이
수소풍선처럼 감당 못하게 커져오면

잠시 눈물을 멈추고
아무 일도 없었던 것처럼
창문을 닫고 멍한 눈으로
천장을 응시하다

눈물마저 남아있지 않음이 슬퍼
입술만 깨물고 또 깨물다
끝내는 당신 생각만 남아 있는

허한 가슴 끌어안고
잠들어야 하는...

불가능한 일

아무리 생각하고
또다시 생각해도
온통 내가...
당신에게 못되게 굴었던 일들과
내가 당신 아프게 만들었던
일들만 떠오르니
이를 어쩌면 좋나요.

아무래도 당신 잊기는
글렀나 봅니다.

미운 그녀

지금도 가끔은 그녀가
제 꿈속에 나타나요.
날 좋아한다고...
날 사랑한다고...
환하게 웃으며 속삭여 줘요.
하지만 이제 내가
그녈 외면해요.

외로운 건 싫지만
버림받는 건 더 싫거든요.
다신 버림받고 싶지 않거든요.

소원

하나님이 내게 소원이
무엇이냐고 물으면
너를 한번만이라도
볼 수 있게 해달라고

너를 다시 볼 수 없다면
내 기쁨 빼어
너의 기쁨에 더해 달라고
니 슬픔 빼어
내 슬픔에 더해 달라고

하나님이 내게
단 하나의 소원만 말하라면
너를 다시 한 번만
내게 맡겨 주시면 안 되겠냐고.

나 이제는

그의 품으로 돌아가지 않으려 해요
못 견디게 마음이 아파도
혹 그가 나에게 매달려도
나 이제 그 상처만이
가득한 자리로 돌아가고 싶지 않아요.

그가 힘들어해요.
그게 너무 마음이 아프지만
먼 훗날...
나 지금 한일이 잘 한 거라
확신할 수 있어요.
저도 물론 그보다 몇 배는
더 아프고 힘들지만 이겨내려고...
안간힘을 쓰고 있어요.
너무 오래 길들여져 버려서
혼자라는 단어가 어색하지만
나 이젠 정말로
홀로서기를 하려 해요.

노을 하나

연인들의 웃음소리가
더 큰 부러움으로
커져만 가는
슬픈 유리창 밖
언덕 저편에서
당신 닮은 노을 하나가
쓸쓸히 웃어줍니다

사랑하고 있다는 것은

1.
사랑하고 있다는 것은
모든 이에게 축복 받을 일인데....

우리 사랑은 아프기만 해요
누군가를 사랑하는 마음은
그 상대가 누구든 단죄 받을
이유가 없는 것 아닌가요?

모든 사람들이 안 된다고
가지 말아야 한다고
가면 더 아파진다고 말려도
내 마음이 그에게로
가는 걸 어떡해요

그에게 마음이 가면 갈수록
시간이 흐르면 흐를수록...

더 많이 아플 것이라는 거...
더 많이 아프고...
더 많이 겪어내야만
한다는 것도...

하지만 사랑에도
끝은 있다고 믿고 싶어요
올라야 할 계단처럼...

2.
또 다른 시작을 해야 할
순간이 온다는 것도요.

아무래도 조금 여유를
가져야 될 것 같아요.

사랑도 별거 아니고
지금의 내 감정도 별거 아니고
세상도 별거 아니고
이렇게...
그것 때문에 고통 받으면서
스스로 비극의 주인공이 되지 말고

당당하게 자신을 더 사랑하는 법을
익혀야 할 것 같아요.

나에게 더 많은 시간과
더 많은 공을 들여서
어떤 고통과 어떤 순간에도
현명하게 처신할 수 있도록,
나약해지지 않도록,
나를 사랑하는 것만큼
다른 이를 생각할 수 있도록,

그 결과를 준비하는
사람이 되려고 해요.

바다 3

바다는 죽는 날까지
많은 것을 사랑하지 않는다.
바다새와 동백꽃 그리고
지아비 하늘만 사랑한다.
비오는 날 잠시
한 사람의
우산으로 살아도 좋다고
바다는 가끔 말한다.

바다는 하늘만 사랑하기에도
자신의 가슴이
너무도 작다는 것을
잘 알고 있다.

바다 4

햇덩어리가 슬픈 몸짓으로
바다에 풍덩 자빠지면
바다는 바다보다
더 많은 눈물을 흘린다.
그래도 바다는
덜컹덜컹 소리 내어
떠나지는 못한다.
하늘과 마주잡은 인연의 끈을
놓지 못할 때
차라리 한 줄 슬픈 詩로
누워버린다

슬픈 날 가장 많이 우는 사람이
가장 많이 행복하다고
바다는 제멋대로 생각한다.

만약

나더러 먼저 웃으라하면
그리 하지요

나더러 먼저 전화하라하면
그리 하지요

나더러 먼저 고백하라하면
그리 하지요

나더러 먼저 이별하라하면
그리 하지요

그러나...
나더러 먼저 잊으라하면
그땐 당신 먼저
잊어 보라 하지요.

이룰 수 없는 사랑

감정이란 묘해서
이룰 수 없는 사랑엔
더 마음이 끌리는 것 같아요.
금지된 것에 대한 갈망이랄까...
오늘 아침도 눈을
뜨자마자 다짐 했어요.

바보가 되지 말자고...
다른 이의 여자 바라보며
칭얼거리는 바보 되지 말자.

아주 오랜 시간
정말 노력했어요.
3년 동안 그 사람은
내 옆에 있었고,
나는 나만의
사랑을 지키기 위해,

나 자신을
지키기 위해 노력했어요.
더 열심히 살려고 해요.
더 마음 추스르고,
결과를 생각하기보단
지금의 나 자신을 돌아보며
날 바로 세우려 해요.

그렇게 자신을 사랑하다보면
그 끝에...
이제 어떻게 해야 할지
저기 끝에서
보일 거라 믿어요.
힘들겠지만...
서로를 불행하게 만드는 건
사랑이 아니래요.

마음이야 아프겠지만
서로를 놓아주는 게
진정으로 서로를 행복하게
만드는 방법이래요.
이제 그녀와는 그저 좋은

친구로만 지내려 해요.

지금은 그 누가 내게 와서
세상의 소리로
그것이 사랑이냐고
몰아치지 않아요.
내가 그동안 어떻게
나를 지켜왔는지 알기에...

당신을 위해서

가끔, 딱 1년만 살고
죽었으면 좋겠다는 생각을 해요.
당신과 함께
사계절을 같이 보내고...
당신 품에서 잠들고 싶다는 생각...
정말 맘 편하게
당신과 함께 딱 1년만
살았으면 좋겠다는 생각....
요즘 가끔씩 해요.

얼마 전에 당신이 제게 말했죠
그냥...
우리 멀리 도망가서 같이 살자고...
그때 처음 당신의 눈물을 보았어요.
그럴 용기조차 없는 제 자신이
그렇게 싫을 수가 없었어요.
하지만 저 역시...

당신 가족들이...
친구들이...
주변 사람들이...
당신 힘들게 하고
당신 맘 아프게 할 때마다
하루에도 몇 번씩
당신과 함께 아주 멀리
도망가는 꿈을 꿔요.

당신 너무 힘들어서...
술기운에 지나는 말처럼
나더러 왜 그렇게 가난하냐고...
학벌이 그게 뭐냐고...
설핏 짜증이라도 내는 날엔
나... 당신에게 미안해서
얼굴조차 들 수가 없었어요.

이젠 내가...
당신 놓아 줄게요.
나 땜에 힘들어하는 당신을
더는 볼 자신이 없네요.
나 아닌 다른 누군가가

나를 대신해서....
당신 곁에 있을 날이
올 거예요...

그땐 지금처럼 힘들어하진
않았으면 좋겠네요.

조금 사랑하면

조금 사랑하면
사랑한다 쉽게 말할 수 있습니다.
하지만 너무 많이 사랑하면
사랑한다는 말조차 할 수 없습니다.

조금 사랑하면
그 이름 쉽게 부를 수 있습니다.
하지만 너무 많이 사랑하면
그 이름 차마 부를 수 없습니다.

이젠 그댈 조금만 사랑하는
연습을 해야겠습니다.

바라만 보는 사랑

그 사람을 보면
자꾸 욕심이 생겨요.
보고 싶고...
말하고 싶고...
그리고...
차지하고 싶어져요.

요즘에는 더더욱
그 사람 생각으로
방안에 숨어
한숨을 훔치고 있어요.

나의 모든 한숨 속의 의미는
그 사람이거든요.
아직 해야 할 일들이 많은데...
왜 그 사람이 그리 좋은지...
그 사람은 날 알지도 못하는데...

왜 그리 좋은지...

그 사람이 너무 높이 있기 때문에...
그 사람이 너무 높기 때문에...
그냥 그 사람이
평범한 사람이었다면...
어깨라도 스쳤으면...
애꿎은 소망만 가져봅니다.

그 사람의 이름만 불러도....
그 사람의 사진만 봐도...
괜히 눈물이 나와요.

그리고는 그 사람을
원망하게 돼요.
왜 내 앞에 나타나서
눈물만 주고 갔냐고...
왜 내 앞에 나타나서
그리움만 주고 갔냐고...
맘이 너무 아파 오는데...
눈물만 나오는데...
어쩔 수 없는 내가

그저 한심할 뿐...

오늘도 하늘을 바라보다
그 사람을 떠올립니다.
그리고 기도합니다,
꿈속에서라도 그 사람을
볼 수 있게 해달라고...
이젠 그를 잊게 해달라고...

당신은 처음이자 마지막 제 사랑입니다

슬프면 슬픈 채로
아프면 아픈 채로
내 안에 고이는 이름 하나
당신을 사랑함으로써
내 전부를 잃는다 해도
틀림없이 당신만을 가리키는
작은 목숨 하나 있습니다.

죽는 날까지
틀림없이 당신은
처음이자 마지막
제 사랑입니다.

누군가가 그러더군요

이 세상에서
가장 절망적인 말은
'어쩔 수 없다'는 말이라고...
아무리 사랑해도 어쩔 수 없는,
아무리 몸부림 쳐도
결국은 어쩔 수
없다는 것이라고요.

그리고...
이 세상에서 가장 슬픈 건
그건... 그건...
어쩔 수 없는 것을
망각의 뒤편으로
보낼 수 없음이라고...

코스모스

　코스모스는 가끔 자장면을 먹을 땐 자장면을, 통만두를 먹을 땐 통만두를 제일 맛있게 먹어주고, 통닭을 먹을 때 어김없이 하는 말은, 남자가 날개를 먹으면 바람이 난다며 날갯죽지는 자기가 먹고 다리는 언제나 나에게 주던 여자였다.

　코스모스는 막걸리 한 잔에 쉰 김치를, 된장에 찍어먹는 풋고추를, 시장 한 모퉁이에서 즐겨먹던 순대 천 원어치와 소주 한 병을 내가 좋아한다는 이유만으로 용케 군소리 한번 안하고 잘도 먹어 주었으며, 남들이 보신탕 뱀탕 흑염소를 먹으면 야만인이라고 비난하여도 내가 먹으면 세상에서 제일 좋은 국민 건강식품이라도 입에 침이 마르도록 칭찬을 아끼지 않았으며 때때로 빈털터리인 나로 하여금 늘 풍족함을 느끼게 하는 재주가 있었다.

코스모스는 마음이 어질고 착해서 어느 조그만 마을의 초등학교 선생님이 되어도 어울릴 거 같고, 타인에게 주는 친근함과 자애로운 눈빛이 봄날 같아서 이다음에 고아원 원장이 되어도 어울릴 거 같고, 정이 많고 상냥하며 손길이 부드러워서 하얀 가운을 입은 백의의 천사 간호사가 되어도 어울릴 거 같고, 빠알간 보조개가 튤립처럼 어여쁘고 목소리가 향기로워서 꽃집 아가씨가 되어도 어울릴 거 같고, 지혜로우면서도 현명하기에 어느 조그만 나라의 여왕이 되어도 어울릴 거 같은 여자였다.

　코스모스는 여왕이 되어도 거만해 보이지 않지만 기품이 있고, 시인의 아내가 되어도 가난을 탓하지 않으며, 정치인의 아내가 되어도 결코 물욕을 느끼지 않으며, 내가 살인자가 되고 가정 파괴범이 되어도 나의 잘못과 허물을 덮어주고 나를 대신해 돌을 맞아줄 것만 같은 착한 마음을 가진 여자였다.

　몹시 춥던 어느 날, 자선냄비 속에 자신의 용돈을 몽땅 털어 넣고도 버스표 한 장에 넉

넉해 하고, 길가에 떨고있는 할머니에게 자신의 목도리를 둘러주고는 역시 추울 땐 이냉치냉이 최고야 하며 피식 웃음을 보이는 여유가 있으며, 주택복권 한 장을 들고 와서 일억 원이 생기면 세계여행 시켜주겠다고 호언장담을 하다가 단돈 오백원짜리조차 당첨이 되지 않으면 무주택 서민을 위해 자기는 과감히 거금 오백 원을 투자했다고 큰소리치던 여자였다.

코스모스는 잘 다듬어진 아스팔트길보다 엉성하지만 덜컹이는 자갈길이, 고상한 비프스테이크보다 투박한 된장찌개가, 편하지만 정이 없는 아파트보다 허름하지만 정이 있는 토담집이 좋다는 나보고 촌스럽다거나 시대에 뒤떨어졌다고 흉보거나 핀잔하기보다 이 세상에서 대통령보다 더 훌륭한 사람은 영농후계자라며 나의 꿈과 이상을 소중히 생각해 주던 여자였다.

코스모스는 심각한 애정 영화보다는 에로물을 즐겨 봤으며 에로물을 볼 때면 얼굴이 붉게 읽어 안절부절 못해도 옷 벗는 장면만 나오면 그래도 좋다고 키득키득 웃었으며, 웃는 얼굴이 하도 예뻐서 술기운에 장난 삼아 가볍게 키스하자 자기는 이제 순결을 잃었으니 나보고 자기인생 전부를 책임지라고 윽박지르던 여자였다.

어쩌다 술 한잔 먹고 싸움이 나면 상대방을 네로보다 진시황제보다 더 나쁜 폭군이고, 이등박문보다 더 나쁜 악당이라 흥분해 하던 그녀는 나의 잘잘못을 떠나서 언제나 나의 편이 되어주고 나를 끔찍이도 아껴주었기에 나의 개똥철학을 끝까지 묵묵히 들어주었으며, 소크라테스보다 아리스토텔레스보다 나의 개똥철학을 제일로 생각해 주던 여자였다.

코스모스 생일 날 자라 한 마리를 사 주면서 백 살 되는 생일날까지 잘 키워서 몸보신용으로 잡아먹으라고 선물했더니 내

생일날 자기를 닮아 예쁘게도 생긴 강아지 한 마리를 사주면서 남자는 모름지기 건강이 최고라며 복날까지 잘 키우라던 어처구니없는

장난꾸러기였으며 세상이 점점 험악해져서 신문에 좋은 기사보다 흉흉한 기사가 많이 나와야 신문이 잘 팔린다는 요즘 사람들을 보면 이런 세상에서 사는 것이 싫다면서 아프리카로 이민 가서 나는 타잔이 되고 자기는 제인이 되어 치타 같은 자식 낳고 백년해로하자던 여자였다.

코스모스는 술 한잔을 같이 먹을 땐 오랜 지기처럼 편안함을 주고 내가 슬퍼하거나 괴로워하면 마치 자기 일인 양 슬퍼하고 아파했으며, 내가 기뻐하는 모습을 보이면 세상에서 제일로 행복해 하던 그녀는 어머니 같은 따스한 눈길이 있으며, 가마솥 누룽지 같은 구수한 우정이 있으며, 하늘나라 천사보다 깨끗한 웃음을 가졌기에 내가 다른 여인을 사랑하더라도 바보처럼 나의 행복을 빌어줄 거 같은 마음을 가졌으며, 내가 심한 전염병에 걸리어도 팔다리가 잘려 나가는 나병환자가 되어도 두손을 꼬옥 잡아 줄 것만 같은 착한 여자였다.

코스모스는 몰라도 아는 척, 없어도 있는 척, 못나도 잘난척하는 것을 제일 싫어하며, 겉으로 드러난 꾸밈으로 자신을 돋보이려 하지 않았으며 짙은 화장을 한 어색한 숙녀의 모습보다는 있는 그대로의 모습에 더욱더 매력을 느끼며 가끔 교향곡의 작곡가를, 노벨 문학상의 작가를 몰라도 나의 무지를 탓하지 않았으며, 내가 견디기 힘든 슬픔과 괴로움에 방황할 때면 거침없이 재치 있는 유머와 위트로 나를 위로했으며, 요즘의 일부 젊은이들처럼 쩨쩨하게 사랑과 청춘을 자기 이익과 순간의 쾌락을 위해 헛되이 팔지 않으며, 온실 속에서 자란 화초처럼 길들여진 삶을 거부하고 스스로 옳다고 생각하는 일에 최선을 다하던 여자였다.

코스모스와 나는 타임지를 유창하게 읽을 정도로 유식하지 않았지만 우리는 스스로 옳다고 생각하는 일에 최선을 다했으며, 신선이나 도인이 되기 위해 계룡산에 올라가 수도하지는 않아도 항상 선한 인간이 되기 위해 하루에 한 번은 남 돕는 일을 기쁨이라 여기며 살아왔기에 비록 우리가 지금 가난하여 라면으로 끼니를 때우고 쓰디쓴 소주 한 잔에 사랑과 인생을 이야기하지만 우리에겐 어떤 역

경과 고난도 헤쳐 나갈 수 있는 뜨거운 젊음
과 열정 그리고 가장 아름다운 사랑이 있기에
마음만은 언제나 풍요로울 것이다.

　코스모스는 웃는 모습이 정말이지 어여쁜
여자였다. 하늘이 파래서 슬픈 날, 나는 가끔
그녀가 날아가 버린 하늘을 보면서 쓸쓸한 미
소를 보내곤 한다.
　안녕, 내 사랑 코스모스...

함께 하지 못하는 사랑

가끔은 간직한 사랑이
아름다울 때도 있을 겁니다.
사랑하기 때문에
가슴이 아픈 건.....
어쩌면 감사해야
될 일이 아닐까요.

사랑할 수 있고.
당신을 바라볼 수 있다는
자체만으로 행복하다고
느낄 날이
언젠가는 오겠지요.

함께 하지 못하고
바라보지 못하는 곳에
존재한다는 건
가슴을 찢는 아픔보다
더하니까요...

현재 우리나라 인구수

현재 우리나라 인구수
44,827,211명
이렇게 많은 사람들 중에서
만약 한 사람이 사라진다면
그게 과연 그리
큰 의미가 있을까?

정답은 yes야
그것도 아주 많이
왜냐면...
만약 그 중에서
한 명이 너라면
너를 뺀 44,827,210명은
내게 아무런 의미가
없을 테니까.

이 세상에서 가장 슬픈 이야기

　미영은 결혼 후 처음으로 남편과 함께 대천에 있는 어느 작은 무인도로 여행을 떠났다.

　출발은 산뜻했다. 그런데 목적지에 거의 다 도착해서 함께 타던 개인용 보트가 바위에 살짝 부딪혀 튕겨 나가는 사고가 발생했다. 다행히 큰 사고는 아니어서 둘은 별다른 부상을 당하지는 않았다.

　낯선 섬에서 여장을 푼 미영과 남편은 그 날 하루 즐거운 시간을 보낸 후, 다음날 오후에 섬을 떠나게 되었다.

　처음 한동안은 분위기도 잡고, 낚시도 하고, 노래도 부르면서 즐거운 시간을 보냈다. 그런데 미영의 남편이 갑자기 보트 속력을 높이기 시작했다.

　겁이 많던 미영은 남편의 갑작스런 행동에 당혹스러워하며 속도를 줄이라고 소리쳤다.

　그러나 남편은 들은 척도 하지 않은 채 더더

욱 속력을 냈다.

　미영은 자신도 모르게 화를 내듯 큰소리로 외쳤다.

　"제발 천천히 좀 가! 뱃속에 있는 우리 아기가 놀란단 말야!"

　그랬다. 미영은 임신 6주 째였다. 결혼 1주년 되는 다음 주에 남편에게 말하려고 그 동안 혼자만의 비밀로 간직하고 있었던 것이다.

　미영의 말을 들은 남자는 흠칫 놀라는 표정을 지었다. 그러나 줄이기는커녕 방금 전보다 더 힘껏 속력을 냈다.

　"왜... 왜 이렇게 빨리 달려? 나... 너무 무섭단 말야!"

　저 멀리로 목적지인 대천 해수욕장이 희미하게나마 보일 때였다. 겁에 질린 미영이 울먹이며 다시 소리를 치자 남자는 그제야 비로소 입가에 엷은 미소를 지었다. 그러더니 자신이 입고 있던 구명조끼를 벗어 미영에게 던져주며 말했다.

　"그걸 입어! 그럼 속력을 줄일게..."

"이건 왜?"

"일단 입어봐. 그럼 말해줄게..."

미영은 영문도 모른 채 남편이 건네주는 구명조끼부터 입었다. 그러자 갑자기 보트의 속력이 뚝 떨어졌다. 남편이 원망스런 눈빛으로 자신을 노려보고 있는 미영을 와락 끌어안으며 나지막이 속삭였다.

"미영아! 내가... 널 얼마나 사랑하는지 알아?"

"......?"

"알지? 그럼 됐어... 그럼 된 거야..."

"......?"

"배... 뱃속의 우리아기... 빨리 봤음 좋겠는데... 어떻게 생긴 녀석인지 되게 궁금하네..."

남편이 설핏 미소를 짓는 순간, 미영은 갑자기 서늘한 느낌에 사로잡혔다.

보트 안으로 새어 들어온 물이 어느새 무릎 위까지 차올라 있었다.

전날 있었던 사고로 보트 앞부분 중 일부가 파손돼 물이 새어 들어오기 시작한 것이다.

이미 이러한 사실을 미리 알고 있었던 남편은 보트에 물이 차기 전에 최대한 빨리 미영을 안전한 곳으로 이동시켜 놓기 위해 그렇게 죽을힘을 다해 보트를 몰았던 것이다.

하나밖에 없던 구명조끼를 미영으로 하여금 대신 입도록 만든 이유 역시도...

그로부터 약 1년여의 시간이 지났을 때였다.

미영은 전에 자신이 사랑했던 남자와 똑같이 생긴 아기를 바라보며 전날에 이어 이 세상에서 가장 슬픈 이야기를 들려주고 있었다.

"......그렇게 그 남자는 사랑하는 여자 혼자 남겨둔 채 떠나갔지... 엄마가 생각하기엔 그 남자 되게 나쁜 사람 같아... 자신은 그렇게 가버리면 그만이지만... 남겨진 여자는... 평생을 그 남자한테 미안해하며 살아야 되잖아... 고마워하며 살아야 되잖아...

사랑은... 미안해하는 것도... 고마워하는 것도 아닌데... 그치?

그냥 등을 돌리고 있더라도 그가 존재하는 그 자체만으로도 행복한 것인데... 아무리 아픈 모습일지라도 그 이름 부를 수 있음으로

인해 감사한 것인데... 그 바보 같은 그 남잔...
그걸 몰랐나 봐...

　사랑은 목숨을 거는 게 아니라 그저 같은 곳
을 바라보는 느낌만으로도 행복한 것인데 말
야... 그치?"

고마워요, 사랑해줘서

오늘 당신과 함께 갔던
곳을 다녀왔어요.
돌아오는 차안에서
창밖을 보며
옛 기억들을 떠올리며
잠시 울었죠.

당신과 거닐던 산책길..
당신과 만났던 공원벤치..
당신과 함께 마셨던
레몬브랜디의 향..
첫눈을 기다리며
꼬치어묵 먹던 포장마차..

전에 잠든 당신 얼굴 보며
돌아가신 나의 할머니께
감사했던 적이 있었죠.

내가 이렇게 사랑할 수 있는 사람
보내주셔서 감사하다고요.

당당한 입맞춤조차
제대로 못하고
손 한번 떳떳이
잡아보지 못한 것은
내겐 너무 귀한 당신이어서
사랑한 만큼 당신을
배려해 주고 싶어서였어요.
당신을 깨끗하고 아름다운
아이의 엄마가 될 수 있도록
지켜주고 싶어서였어요.

조금 전까지
안개비가 내리더니
지금은 멎었네요.

비가 오면 당신 생각이
더 많이 나요.
추억이 그리운 거죠...

당신이 그리운 거죠...

내가 당신 만나
행복했던 시간만큼만
당신 그리워하며 살게요.

사랑했어요...
나 같이 나쁜 사람에게
착한 사랑이 뭔지 가르쳐 줘서
정말 고마워요...

이런 사랑은 어떨까요

사랑하는 사람보다는
좋은 친구가
더 필요할 때가 있다
만나기 전부터 벌써 가슴 뛰고
만나서는 바라보는 것에
만족해야 하는 그런 사람보다는
곁에 있다는 사실 하나만으로
편안하게 느껴지는 사람이
더 그리울 때가 있다
길을 걸을 때
옷깃 스칠 것이 염려되어
일정한 간격을 유지하며
걸어야 하는 사람보다는
어깨에 손 하나
아무렇지 않게 걸치며
걸을 수 있는 사람이
더 간절할 때가 있다

너무 크고 소중하게 느껴져서
자신을 한없이 작고 초라하게
만드는 사람보다는
자신과 비록 어울리지는 않지만
부드러운 미소
주고받을 수 있는 사람이
가끔 생각날 때가 있다
아무리 배가 고파도
차마 입 벌린다는 것이
흉 될까 염려되어
식사는커녕 물 한 잔
맘껏 마실 수 없는
그런 사람보다는
괴로울 때 술잔을
부딪힐 수 있는 사람,
밤새껏 주정해도 다음날 웃으며
편하게 만날 수 있는 사람,
이런 사랑이
더 의미 있을 수 있다.

이렇게 비가 내리면

작년에 이어 올해도
비가 참 많이 내리네요.
어젠 엄청나게 많은 비가 내려...
가옥이 붕괴되고...
가축이 떠내려가고...
많은 사람들이 다치고...
죽었다는 소식... 들었어요...

비가 내리면 유난히
더 보고 싶은 당신...
어젠 당신 걱정돼서
잠 한숨 못 잤답니다.
중요한 약속이 많은 하루였지만...
온종일 당신 생각만 하다...
그 동안의 노력들이
물거품이 되기도 했지만...
내게 있어 그런 것들은

그다지 중요하지 않습니다.
당신만 괜찮으면 돼요...

당신만 아무 일 없음
난 괜찮습니다.
나 아니어도...
당신 걱정해 줄 사람
곁에 있다는 거
누구보다도 잘 알고 있지만...
내 걱정이 당신에게
부담만 된다는 걸
잘 알고 있지만...
그럴 자격 내겐 없다는 걸
그 누구보다 잘 알고 있지만...
비가 너무 많이 와서...
당신 사는 곳에
유난히 많이 와서...
몇 번의 망설임 끝에
전화를 걸었습니다.
당신의 그 따스하고
편안한 그 음성...

올해 들어 처음으로
들어보는 목소리였습니다.
가슴이 미어졌습니다.
괜찮냐고...
어디 아프거나 다친 곳은 없냐고...
안부 몇 마디 묻고는
간단히 전활 끊었습니다.
아팠습니다... 많이...
하지만 보고 싶었다는 그 말...
차마 하지 못했지만...
당신의 목소릴 들을 수 있었다는
사실 하나만으로도
내겐 큰 위안이 되었습니다.
당신... 참 많이 보고 싶네요...
이렇게 비가 내리면
항상 당신 모습이 떠올라요.
당신도 한번쯤은 비를 보며
저를 떠올리는지요.

당신이 조금만 아파도

오늘 또다시 당신
아프다는 소리 들었어요.
아침부터 비가 내려
그렇지 않아도 당신
생각 많이 났었는데...
당신 아프다는 소리 듣고는
얼마나 속상하던지
지금껏 밥한 술 못 떴어요.
이렇게 비가 내리면
당신과 손잡고
강가도 좋고...
고궁도 좋고...
바닷가도 좋고...
어디든 나란히 걸어보고 싶었는데...
사랑한다는 말 이제 못하지만...
그래도 당신 사랑해서
많이 행복했었다고

이젠 용기 내어 말하고 싶었는데...

당신 아프다는 소식 듣고는
멀리서 바라보는 것마저도
죄가 된다면
당신 볼 수 없는 어둠 속에만
꼭꼭 숨어살겠노라고
그러니 당신 그저 아프지만
말게 해달라고...
나... 이렇게 간절히 기도만 해요.

내 욕심이 지나쳐
당신 아프지 않았나 해서
또다시 미안해집니다.
전에 당신 감기라도 걸리면
죽을병에라도 걸린 것처럼
호들갑을 떨었었는데...
편도선이 안 좋아...
고열이 나고 물도
제대로 못 마셨었는데...

지금은 그때 보다

더 많이 아프다면서요.

당신... 고집 그만 부리고
이제라도 빨리 병원에 가요.
밖에 나갈 땐 목에 목도리를
칭칭 동여매는 거 잊지 말고요...
손 얼지 않게 장갑도 꼬옥 끼고요...
병원에서 타온 약 먹기 싫다고
예전처럼 쓰레기통에 버리지 말고
시간 정해서 잘 챙겨 먹고요...
알았죠?
당신은 괜찮다고 말할지 모르겠지만
제가 걱정 돼서 그래요...

유난히 눈이 크고
속눈썹이 길었던 당신...
그래서인지 겁도 많았던 당신...
미안해요...
당신 아파하는데
곁에 있어 주지 못해서...
영원히 함께 하리라는
그 약속, 지켜주지 못해서...

지금... 당신이 아파서
내 눈에 비가 내려요.
이럴 자격 없는데...
이래선 안 되는데...
당신 조금만 아파도
내 가슴에선 슬픈 비가
이렇게 하염없이 내리네요.

이제 그만 비켜주려 해요

술에 취해 거리를 걷는데...
당신과 자주 듣던
그 노래가 흘러나오더군요.
전엔 그저 멜로디가 좋아
흥얼거렸었는데
내용이 얼마나 슬프던지...
마치 우리들 이야기만 같아서
얼마나 가슴 아프던지...
당신과 헤어진지
꽤 오랜 시간이 됐는데도
슬픈 노랫소리가
조금만 흘러나와도
눈물이 나와요.
이젠 다른 사랑을 해야 되는데...
여전히 제 기억 속엔
당신만이 살아 숨 쉬네요.
지금 당신은 무얼 하고 있을까요...

어떤 모습일까요...
참 많이 궁금해요...
당신은 제가 어떻게 사는지
궁금하지 않나요.
솔직히 보고 싶어요...
우연이라도 한 번
마주치길 바랐었는데
그마저도 쉽지 않더군요.
나 오늘 술에 취해...
당신에게 전화 걸어
보고 싶다고 말할지도 몰라요.
하지만...
하지만...
내일 아침이면
나... 다 잊으려고 해요.
나... 너무 힘들거든요.
당신 또한 나보다
더 힘들 거란 걸 알아요.

미안해요... 당신...
나 같은 바보 잊고
지금 당신 곁에 있는 사람과

정말 행복하세요...
지금은 내가 먼저
당신 잊어 줄게요.
대신 다음에 다시 태어나
당신 만나면...
그땐 내가 힘들 테니...
당신은 그저 편안하게 살아요.
당신 너무 이뿐 사람이니까...
당신 정말 좋은 사람이니까...
나라는 바보는
이제 그만 비켜주려 해요...
그럼 안녕...

그 사람 지금

며칠째...
감기몸살을 앓고 있대요.
내가 곁에 있으면...
약도 사주고...
따뜻하게 안아주면 나을 텐데...
멀리서 훔쳐보는 것도
죄가 되는 걸요.
지금의 우리 사이는요...
어떡해야 하죠...
전화도 못하고...
편지도 못쓰고...
그저 아프지 말라고...
약 먹는 거 죽기보다 싫어도...
얼른 먹고 깨끗이 나으라고...
맘속으로 기도만 해요.
힘내라고 문자 메시지라도

보내주고 싶은데...
그마저도 다른 이에게 들키면
흉이 될까 염려되어
그 사람 좋아하는
오렌지 하나 못 사주네요.
레모나 한 통 사놓고도
보내지를 못하네요.
그녀에게 아무 것도
해줄 수 없는 내가 아프네요.
그녀가 앓고 있는
감기 몸살만큼이나...

친구 결혼식

어제 친구결혼식에서
그녀를 보았습니다.
가슴이 아팠습니다.
예식이 끝나자마자
그녀를 뒤따라 나갔습니다.
어색한 몇 분의 시간이 지나자
그녀가 먼저 입을 열더군요.
그 동안 잘 지냈냐고...
전 태연한척 미소 지으며
고개만 살짝 끄덕였습니다.
날씨가 쌀쌀해서 그런지
얼굴이 많이 까칠해 보였습니다.
너무 말라서 양 볼이
쏘옥 들어가 있었습니다.

눈물이 흐르더군요.
미안했어요...

전... 그 동안...

저만 힘든 줄 알고...
절 버렸던 그녀...
참 많이 원망 했었거든요.
그런데 그녀는 저보다
더 힘들어했었나 봐요.

조용한 커피숍에서
차 한 잔 같이 했습니다.
창밖으로 여우비가
촉촉하게 내리기 시작했어요.
마치 우리의 슬픈 만남을 대신하듯...

"결혼식 날 여우비
내리면 잘 산다는데..."

고작 이 말 한마디하고
집에 왔는데도
눈물이 멈추지 않더군요.

아무래도 그녀를

잊은 게 아니었나봐요.
그녀가 생각날 까봐...
그녀와의 인연이
완전히 끝날 줄 알고...
수첩에 적혀있던
그녀 집 전화번호...
핸드폰번호...
생일날...
기념일 날...
모두모두 깨끗이 지웠었는데...
그녀를 다시 보니까...
다시 시작하고 싶은 맘이
너무 간절하더군요.
오늘 그녀와 헤어지고 나서
처음으로 전화를 했습니다.

"행복해... 너어...
행복한 거 맞지?"

그녀가 저보고 그렇다고 합니다.
연락해줘서 고맙다고 합니다.
목이 메어 더 이상

전화를 할 수 없었습니다.
긴 침묵이 흐른 후,
이번에는 그녀가 제가 묻습니다.

"그러는 너언... 행복해?"

저 역시 그렇다고 대답했습니다.
우린 전에도 그랬던 것처럼
서로를 위해
거짓말을 해야만 했습니다.
그 한마디의 거짓말이
서로의 맘을...
얼마나 아프게 만든다는 것을
잘 알면서도
그 사람...
나 보다 더 귀한 사람이니까...
그 사람을 위해...
행복하다 말해줍니다.
지금 이 순간에도
그녀에게 전화해서
여전히 당신 사랑한다고...
우리 다시 시작하자

말하고 싶은데...
그 사람 저 때문에
힘들어 할까봐...
오히려 한 발자국 뒤로
물러 서줍니다.

그녀에게로 향하는 제 맘...
겨우 뿌리쳤지만
여전히 그녀가 보고 싶습니다.

그래도 잊어야겠지요

최근 들어 부쩍 더
많이 힘드네요.
한계에 다다른 마라토너처럼
숨쉬기조차 버겁네요.

오늘 우연히 당신을 봤어요.
뒷모습을...
당신 모르게 쳐다봤어요.
왜 그리 슬픈지...
눈물이 나올 뻔했었어요.
다시 잡고 싶기도 하고...
매달리고 싶기도 하고...
당신과 다시 만나고 싶고...
사랑한다고 말하고 싶고...

하지만 그럴 수가 없었답니다.
당신을 더는

아프게 하기 싫으니까...

당신을 더는
힘들게 하기 싫으니까...

남자는 첫사랑 쉽게
못 잊는다고 하던데...
그 말이 맞나 봐요.
나 아직도 잊지 못하고...
당신한테 달려가고 싶으니...
어쩌다 얼굴이라도 마주치면...
당신 소식이라도 듣게 되면...
이렇게 가슴이 아프니...

나... 당신 결혼하는 것도
봐야 되는데...
그땐 얼마나 더 아플까요.
무서워요...
당신 잊고 사는 게...
그래도 잊어야지...
잊어야겠지요...

그녀를 위해서

어제 자정이 약간 넘은 시각.
술에 취해
그녀의 집을 찾아갔다.
그녀가 말했다.
자기 때문에 힘들어서
술 마신 것 같아
맘이 아프다고...
그러면서도 맘 한구석에선
맘대로 해줄 수 없어
미안하다고...

그녀가 내게 미안해할
일은 아닌데...
난 그저 그녀를
사랑하게 허락해준
하나님께 감사할 뿐인데...
그녀는 고장 난 레코드처럼

미안하다는 말만 되풀이 한다.

내가 가질 수 없지만...
단 한순간도
내 것이 될 수 없는 사람이지만...
그저 사랑할 수 있게
허락해준 하나님께
감사하고 있는데...
그녀는 내가 그녀에게 많은걸
원하고 있는 줄 아나보다...
아닌데...
정말 난 아닌데...

그녀가 그랬다...
지금 내 앞에 있는 자신은 내꺼라고...
가지란다...
자길 갖고 싶지 않느냐고...
그녀는 내게 물었다.
갖고 싶다고...
하지만 그럴 수 없다고...
이루어질 수 없는

사랑인 것 알고 시작했으니
아무 걱정 말라고...
그녀에게 말해줬다.
그녀는 그런 내가 안타까운지
연신 눈물을 훔친다.

오늘밤...
그녀의 목소리는 유난히 따뜻했고...
그녀의 입술은 참으로 부드러웠다.
사랑한다고...
그녀 앞에서 어젠 당당히 말했다...
그녀가 내 품에 와락 안겼다.
나는 그런 그녈 꽉 안아주었다.
짧은 시간이었지만
아주 많이 사랑해주었다.
그녀의 입술을 느끼며...
모처럼 환한 미소 지으며 헤어졌지만...
벌써 다음 만남이 두렵다...
외줄 타기하는 피에로처럼

우리 사랑 언제 추락할지 몰라...
언제 남남으로 돌아서야 할지 몰라...

행복하면 할수록 더 불안하다.
다음 달에 부산으로
여행가기로 약속을 했는데...
그 약속...
그녀가...
내가...
과연 지킬 수 있을는지...
그때까지 우리 지금처럼
사랑하며 살 수 있을는지...
목소리라도 듣고 싶지만...
뭔가를 자꾸 확인하고 싶지만...
난 또 참는다...
그녀를 위해서...

민지

　우린 일 년 365일 아프지 않은 날만 빼곤 서로의 얼굴을 안 본적이 없었고 하루에 전화통화 스무 번은 기본이었다.

　어느 때는 너무너무 보고 싶어 새벽 6시에 만나기도 했었다. 그렇게 5년을 지냈는데...

　우리는 서로에게 가장 소중한 존재였고 앞으로도 그럴 거라는 거 한 번도 의심해 본 적이 없었는데.... 더 이상 서로에게 맞는 짝은 없다는 것을 알고 있는데... 요즘은 그녀에게 전화를 할 수가 없다...

　뭔지는 모르겠지만 그녀가 요즘 날 계속 피하려 하고 있기 때문이다. 날 속이려 하고 있기 때문이다.

　오늘은 오랜만에 외출을 했는데 나만 겨울인 것 같았다. 나를 제외한 세상 사람들 모두가 아주 화사하고 옷차림도 가벼웠다.

　날씨가 너무 따뜻했다. 근데 이상하게 눈물이 자꾸만 나왔다.

　그녀를 못 본지 이제 겨우 사흘째인데...

　내가 젤 좋아하던 할머니가 돌아 가셨을 때 보다 더 많은 눈물이 나왔다. 더 많이 가슴이 아팠다.

　한동안 그녀의 모습을 볼 수가 없었다. 후에 내가 그녀를 찾았을 때 그녀는 작은 병실에서 하얀 미소를 지으며 누워있었다.

　울면서 이게 뭐냐고 빨리 나가자던 내게 그녀는 그저 미안하다며 소리죽여 울기만 했다. 왜 우냐구... 요즘이 어떤 세상인데... 바보처럼 그딴 병 때문에 우냐구...

　처음엔 못난 그녈 많이도 꾸짖었는데... 나중엔 나 혼자 화장실에 숨어 울고불고... 담당 의사에게 달려가 불쌍한 그녀... 바보처럼 착하기만 한 그녀 살려달라고 무릎 꿇고 애원 반... 협박 반...

가을이 거의 끝나갈 무렵이었다. 그녀가 힘
없는 목소리로 내게 말했다.

"오늘밤은 나와 같이 있어 줄래..."

병실에 무거운 정적만이 감돌던 그날 밤...
그녀는 잠든 척 두 눈을 감고 있는 까칠한 내
볼을 매만지더니 들릴 듯 말 듯 한 음성으로
사랑한다 말하며 소리죽여 울었다.

그리고는... 얼음장처럼 차가운 손으로 내 손
을 잡더니 거친 숨을 내몰아 쉬며 조심스럽게
입맞춤을 해주었다.

그때... 처마 끝 빗물처럼 '또르르' 굴러 떨어
지던 그녀의 눈물... 나는 속울음 삼키며... 입
술을 깨물며... 맘속으로 이렇게 외쳤다.

'나도 당신 많이 사랑해... 그러니 가지 마...
제발 부탁이야...'

노아의 홍수 때보다 더 많은 눈물을 쏟아내
던 그녀는 그날 새벽... 그렇게 내 손을 잡은
채 영원히 잠들어 버렸다. 다시는 그 고운 목
소리 들려주지 않았다.

그녀가 내 곁을 떠난지 약 보름 정도의 시간
이 흘렀을 때였다.

그녀의 이름으로 되어있는 소포하나가 우리 집으로 날아왔다. 그녀가 죽기 전에 친구를 통해 부탁한 물건 같았다.

소포를 뜯어보니 그녀와 내가 처음 만났던 5년여 전의 달력부터 현재의 달력들이 연도별로 정갈하게 포개져 있었다.

오래된 달력부터 차례대로 펼쳐보니 그 속엔 우리가 처음 만났던 날부터 그 동안 함께 했었던 모든 추억들이 날짜 아래에 고스란히 적혀져 있었다.

특별한 날의 기억들은 물론이고 그냥 스쳐 지나가기 쉬운 일상의 소소한 것들까지도...

어떤 날... 어떤 카페에서... 둘이 어떤 차를 마시며... 어떤 주제로 이야기를 나누었으며... 어떤 말을 듣는 순간 많이 행복했으며... 마음에 없는 말로 나를 아프게 할 때는 자신이 너무 싫었다고... 그러면서 꽃을 선물 받은 날은 그 꽃잎을... 사진을 찍은 날에는 그 중에서 젤 예쁘게 나온 사진을...

가을 여행을 떠났던 날은 낙엽을... 마치 모자이크하듯 날짜별로 빼곡이 붙여 놓았다.

그리고... 자신의 죽음을 처음 알게 된 날의 충격과... 병마와 싸우면서 겪었던 두려움... 고통... 외로움 등을 담담하게 빈 공간 가득 적어 놓았다.

내 앞에서 힘겹게 웃어주던 그 어느 날도... 그녀는 몇 번이나 죽고 싶을 정도로 고통스러웠다고... 병실 바닥에 뒹굴어 다닐 정도로 많이 아팠었다고... 그런데도..... 내가 걱정할까 봐... 내가 힘들어할까 봐... 골수가 모조리 빠져나가는 듯한 그 고통을 힘겹게 다 참아내며 억지웃음 지었다고...

마지막 달력까지 꼼꼼히 다 살펴보고 막 덮으려는 순간이었다. 이상한 느낌이 들어 달력 뒷면을 한번 살펴보니 예쁜 여자아이의 그림 하나가 그려져 있었다. 그리고 그 밑에는 '민지'라는 이름이 선명하게 쓰여 있었다.

'민지... 민지가 누구였더라? 상당히 낯익은 이름인데...'

잠시 생각에 잠겼던 난 갑자기 둔탁한 물체로 뒤통수를 얻어맞는 것처럼 멍해졌다.

　민지... 민지란 이름은 바로... 언제가 그녀와 내가 농담하듯... 이 담에 우리가 결혼해서 딸 낳으면 지어주려 했던 바로 그 이름이었다.

　그제야 그만... 설움이 북받쳐 엉엉 소리 내어 울기 시작했다. 그녀의 이름을... 민지란 이름을 수없이 되불렀다.

　죽음을 코앞에 둔 시점에서... 병마와 싸우며 생과 사를 오가는 그 긴박한 순간에도... 그녀의 마지막 소망은 고작해야 한 아이의 엄마가 되는 것이었다니... 민지의 엄마로 불리는 것이었다니...

　하늘에선 어느새 함박눈이 내리고 있었다.

　그녀가 살아생전에 그토록 고대하던 첫눈이다.

미안해요, 사랑해서

인쇄일	2022년 7월 18일
발행일	2022년 7월 23일
저 자	최정재
발행처	뱅크북
신고번호	제2017-000055호
주 소	서울시 금천구 가산동 시흥대로 104다길 2
전 화	(02) 866-9410
팩 스	(02) 855-9411
이메일	san2315@naver.com